Enrico Pellegrino

Leon Fourleque

Brief an Stephan

Bibliografische Information
Die deutsche Bibliothek verzeichnet diese Publikation in
der Deutschen Nationalbiografie, detaillierte bibliografische
Daten sind im Internet über http://dnb.de abrufbar.
ISBN 978-3-384-43473-9

Die Umschlaggestaltung ist von Hans Olberg
Coverfoto: Enrico Pellegrino, Originalmanuskript ca. 2003
© 2024 by Enrico Pellegrino, info@enricopellegrino.de
herausgegeben von Hartwig Stuckmeyer

1.

Lieber Stephan,

als du mich im letzten Winter anriefst, sagtest du mir, ich habe mich zwanzig Jahre nicht um dich gekümmert, und fügtest die Frage hinzu, warum ich dich jetzt, nach all der Zeit, ausfindig gemacht habe. Ich antwortete damals nicht. Ich habe seitdem viel darüber nachgedacht. Nun schreibe ich dir – und, dies muss ich dir im vornherein sagen, ich weiß nicht, ob das, was ich zu Papier bringe, auch nur im Entferntesten eine Antwort auf deine Frage ist.

An Weniges in meiner Kindheit erinnere mich besser an als eine mit winzigen, hellgelben Rosen bedeckte Tapete. Meine Augen suchten von Blüte zu Blüte ihren Weg über dieses feinmaschige Netz aus Gelb und hellem Grün, und wenn ich lange genug vor dem Einschlafen, im dunkelgelben Schein des Nachtlichts, darin spazieren gegangen war, glaubte ich, den Schimmer einer Morgendämmerung hinter den Blüten heraufziehen zu sehen, in kühlem Blau und fein überzogen mit rosa Zirrusfäden, einer Dämmerung, wie ich sie erst viel später einmal gesehen habe, hoch im Norden, in hellen Sommern, in denen die Sonne sich nur zwei Hand breit unter dem Horizont verbarg und dann mitten in der Nacht wieder aufging. Es war, als erinnerte ich mich als Kind an etwas, was ich erst viel später sehen sollte, aber, lieber Stephan, diese Dämmerung war damals so wirklich wie die Wörter, die jetzt hier vor mir auf dem Papier entstehen, und wie die Tasse Kaffee an meiner Seite.

Wir erinnern, erinnern, erinnern uns, lieber Stephan, vorwärts und zurück. Und immer öfter, je älter ich werde, bleibe ich manchmal stehen, schaue aufmerksam zur Seite und bemerke diese seltsame Gegenwart, eine Gegenwart aus Vergangenem und Zukünftigem, als ob alles sich bewegt, sehr sehr schnell, und zugleich ganz still steht, immer so war und immer so bleiben wird.

Das andere Bild ist meine Mutter. Sie sitzt an ihrem Nähtisch und unter dem braunen Holztisch bewegt ihr nackter Fuß die Platte, mit der die alte Nähmaschine betrieben wurde. Kaum sieht sie einmal auf, und wenn, dann nur mit halb geschlossenen Augen und einem Blick, der an mir vorbei geht.

Mein Vater war Friedhofsgärtner. Er war ein untersetzter, schweigsamer Mann und rauchte manchmal Pfeife, und diesen Geruch mochte ich gern, süß und schwer. Er sprach nicht viel, manchmal schlug er mich und dann wieder strich er mir zärtlich über den Kopf und sah mich traurig an. Es schien mir immer, als wolle er mir irgendetwas sagen, aber, das ahnte ich schon damals, ihm fehlten dazu die Worte.

Natürlich hatte ich auch Freunde, aber weder entsinne ich mich ihrer Gesichter noch ihrer Namen. Wir saßen beisammen, lachten, spielten. Aber, seltsam lieber Stephan, weder weiß ich, worüber wir lachten, noch, welche Spiele wir spielten oder wohin unsere Streunereien in der Vorstadt uns führten.

Die Winter waren damals kälter als heute, es gab Schnee, soviel, wie du ihn dir gar nicht vorstellen kannst.

Und die Sommer waren heißer. Zum Mittag machte

meine Mutter uns Kaltschale, eine seltsame Fruchtsuppe, in die wir Zwiebackstückchen bröckelten. Das wird dir wohl jeder älter werdende Mensch sagen, und vielleicht stimmt es gar nicht wirklich.

Manchmal begleitete ich meinen Vater zum Friedhof. Einmal stand ich unter dem Wipfel einer riesigen Eiche, ich schaute hinauf und sah, wie das Licht sich zwischen den Blättern zu kräuseln schien, als winde es sich zwischen dem Grün und Braun hindurch und als versuche es, den ganzen Baum wie einen Kokon einzuspinnen. Und unter dem Baum standen die Grabsteine in Reih und Glied und mein Vater und ich daneben. Zu meinen Füßen bemerkte ich eine Eichel und hob sie unbemerkt auf. Zuhause vergrub ich sie noch am gleichen Tag hinter unserem Haus im Garten. Und dort keimte sie und ein Spross wuchs heraus. Ich hatte sie mitten ins Blumenbeet gepflanzt, zwischen Tulpen und Hibiskus und zunächst konnte man ihn für Unkraut oder irgendeinen Busch halten. Niemand bemerkte ihn. Und als mein Vater eines Abends meiner Mutter beim Abendbrot sagte, dass er im Garten, zwischen Tulpen und Hibiskus, eine Eiche bemerkt habe, die er an einem Stock mit Bast befestigt habe, damit sie der nächste Starkregen oder das nächste Gewitter nicht umwerfe, senkte ich meinen Kopf und wurde rot. Ich weiß bis heute nicht, lieber Stephan, ob mein Vater nicht doch genau wusste, dass ich die Eiche gepflanzt hatte und dass sie aus dem Friedhof stamme. In all den Jahren verloren wir über die Herkunft dieses Baumes kein Wort. Aber er wurde gehegt und gepflegt wie kaum ein Gewächs in unserem Garten, und besonders meine Mutter ergriff sehr viel später entschieden Partei für diesen Baum, später, als er schon so groß geworden war, dass sein Laub den Nachbarn das Sonnenlicht stahl und die Anwohner sich beschwerten und forderten, er solle gefällt werden. „Nein", sagte sie, „nein nein, dieser Baum wird nicht gefällt, nie und nimmer." Er machte zunehmend Mühe, besonders im Herbst, wenn er seine ledrigen Blätter abwarf. Sie vermoderten nicht und mein Vater musste ganze Säcke voll einsammeln und fortbringen. Und ich stand daneben und beobachtete, wie die Eiche größer und größer wurde, größer als ich, größer als mein Vater, größer als meine Mutter, und dann – ich war schon ausgezogen – überragte er sogar das Nachbarhaus.

Als ich meine Eltern eines Tages besuchte, zog ein Gewitter auf, eines von diesen Unwettern, das sich mit trockener Luft und einer Art elektrischem Flimmern ankündigt, das in den Straßen das Papier aufwirbelt und die Menschen in die Häuser treibt. „Es wird gleich losgehen", sagte ich, „zieht die Stecker raus, macht die Fenster zu." Und dann, lieber Stephan, die Wolken überwölbten dunkel und schweflig schon den Himmel über unseren Garten, schien ein heftiger Wind aus der Höhe herab zu fallen, es war, als packe eine unsichtbare Hand zu und schüttle den großen Baum, so wie jemand einen anderen am Kragen packt, wie ein erboster Mann, dem ein anderer viel Geld schuldet, oder dem viel Unrecht geschehen ist: Du wirst bezahlen! Du Schurke, Bösewicht! Gib mir zurück, was ich dir geliehen habe! So wanden sich die Äste der Eiche im Griff des Sturmes, bogen sich, als wollten sie fliehen und wurden doch nicht losgelassen. Wir standen da, mein Vater, meine Mutter und ich, wir standen am Fenster und sahen hinaus und meine Mutter hielt die Hand vor ihren geöffneten Mund. Dann, lieber Stephan wurde es mit einem Male ganz still. Der Wind legte sich plötzlich, der Regen, der in Strömen gegossen hatte, ließ nach und durch die aufgetürmten Wolken drang ein unwirkliches, dunkelgelbes Licht und tauchte unseren Garten in Zwielicht. Und in diesem Zwielicht sahen wir, wie der Nachbarhund, ein großer Terrier, aus dem Keller auf den Rasen hinaustappt. Behutsam, mit unnatürlich langsamen Schritten, die Schnauze vorgerückt und mit der Nase schnuppernd, als wittere er etwas, geht er langsam auf den Zaun zu, der unseren vom Nachbargarten trennt und hinter dem die Eiche steht, direkt darauf zu, wie ein Jagdtier auf seine Beute, gebannt, vorsichtig, bedrohlich, Schritt auf Schritt. Im nächsten Augenblick wird alles, der Rasen, der Hund, der Zaun, die Kellertreppen und die große Eiche von blendendem, scharfen Licht erhellt, ein Licht wie mit dem Messer gezogen, ein Licht, das die Schatten schwärzer und das Beleuchtete weißer machte, so hell, dass es in den Augen schmerzt. Dann durchreißt ein ohrenbetäubendes Krachen die Stille, so gewaltig, das wir drei in die Knie sinken, als habe uns jemand mit dumpfer Gewalt auf die Ohren geschlagen. Und mit einem furchtbaren Knirschen sinkt der ganze Stamm, etwa einen Meter oberhalb der Erdoberfläche von diesem Blitz wie guillotiniert, über den Zaun, auf den Hund zu, der noch immer da steht, die Zähne fletschend und böse mit den Augen funkelnd, und begräbt alles unter sich.

Natürlich strengten die Nachbarn eine Klage gegen uns an. Doch wir mussten nur eine unerhebliche Geldsumme zahlen und die auch nur deswegen, weil ein so großer Baum eigentlich nicht in einem Kleingarten hätte gepflanzt werden dürfen.

Aber, lieber Stephan, nie werde ich den Ausdruck dieses schwarzen Terriers vergessen, bevor er vom Baum erschlagen wurde, und nie verließ mich die Frage, ob nicht ich an seinem Tod schuld sei und wie ich weitergelebt hätte, wenn ein Mensch an diesem Abend von meinem Baum erschlagen worden wäre.

2.

Lieber Stephan,

nach einem mittelmäßigen Realschulabschluss verließ ich das Haus meiner Eltern, ohne wirklich zu wissen, was ich wollte.

Ich hatte keine besonderen Begabungen, keine besonderen Interessen, keine festen Freundschaften und erst recht keine Freundin. Eigentlich hatte ich gar nichts.

Nein, Stephan, ganz stimmt das nicht: Ich zeichnete bisweilen gern. Aber nur so nebenbei, du kennst das vielleicht, man ergreift einen Kugelschreiber und kritzelt. Glaube nicht, dass ich naturalistische Studien betrieb, dass es mir darauf ankam, etwas fotografisch genau abzubilden, weder wollte ich das lernen noch beeindruckte es mich wirklich, wenn jemand das konnte. Ich wollte nur kritzeln. Und kritzeln hieß für mich, dass sich aus schwarzen Strichen, Fäden, Kreuzen, Kreisen, Ovalen, Häkchen, Blasen, Rechtecken, Ellipsen, Dreiecken und allen möglichen anderen Formen Figuren bildeten und ihr Eigenleben begannen. Es waren alles ziemlich dünne Wesen, sie hatten sehr lange Beine, sehr lange Arme, sehr lange Hälse und so gut wie keine Muskeln, und ihr Kopf – ein schwarzes Oval ohne Gesicht – krönte eine dreizackige Narrenkappe mit Glöckchen an den Zipfeln.

Ich hatte schon während der Schulzeit mit diesen Zeichnungen begonnen, sie zierten meine Hausaufgabenhefte und die Rückseiten von Schreibblöcken. Es war mir all die Zeit über gelungen, sie den Blicken meiner

Nachbarn zu verbergen. Meist warf ich sie weg. Ich hing nicht an ihnen.

Nun, das war also alles, was ich vorweisen konnte – und meine Eltern waren natürlich ziemlich enttäuscht von mir. Dies schreibe ich und halte einen Augenblick inne – weiß ich es denn wirklich? Nein. Zum Abschied sah mein Vater mich nur mit seinem müden Blick an, reichte mir seine rauhe Hand und wünschte mir viel Glück. Meine Mutter weinte.

Nach einigen Gelegenheitsarbeiten bekam ich eine Stelle bei der Bahn.

Ich war in eine andere Stadt gezogen, wohnte in einem sechzehn Quadratmeter großen Zimmer und blickte hinaus auf einen Hinterhof und ein Garagendach. Es war Herbst und ich spazierte oft stundenlang durch die Straßen, ziellos, die Hände in den Taschen, vorbei an den Häuserfassaden, die in den fünfziger Jahren erbaut worden waren und der Stadt eine traurige, verlassene Atmosphäre verliehen; immer machte es den Eindruck, als seien die Anwohner verreist oder als versteckten sie sich in ihren Häusern hinter rauchgrauen, verblichenen Vorhängen und dickfleischigen Topfpflanzen. So hatte mich ein Spaziergang zum Sackbahnhof geführt. Langsam schlenderte ich die Gleise entlang, unter der gusseisernen Überdachung, zu meiner Seite verschlafene Tauben und aufmerksame Spatzen, und ich dachte: Das erinnert mich an die Tapete, in der ich als Kind spazieren gegangen bin. Es gibt hier keine Blumen, keine Farben, alles scheint grau und verlassen, einsam und so, als wenn hier nie ein Zug ankommt oder wegfährt, als ob das auch überhaupt nicht Sinn und Zweck dieser ganzen Anlage sei und als würde auch jeder Bahnbeamte, den man nach der Ankunfts- oder der Abfahrtszeit eines Zuges fragen, ganz berechtigterweise ungehalten den Kopf schütteln, wie man ihm nur so eine Frage stellen könne, denn schließlich sei er zum einen dafür nicht verantwortlich und zum anderen müsse der Fragende doch, wie alle, wissen, dass hier keine Züge einliefen und auch keine hinausführen. Warum dies denn alle wüssten? Fragte ich still und hörte in Gedanken den Bahnbeamten antworten: Weil wir im Bahnhof der Bahnhöfe sind. Was denn ein Bahnhof der Bahnhöfe sei, fragte ich. Etwas Höheres, Stilleres und Umfassenderes, die Idee des Bahnhofs an sich, und die Idee, das wisse er ja wohl, könne gut und gerne gewisser Akzidenzien entbehren. Ein sich bewegender Zug, ein- und aussteigende Passagiere, Schaffner, Lokomotivführer – dies alles – das wisse er doch, gehöre gewissermaßen nicht zum Eigentlichen des Bahnhofes. Was – ich saß mittlerweile auf einer Bank und starrte in das Unkraut zwischen den Schienen – was gehöre denn zum Eigentlichen eines Bahnhofes? Und der Bahnbeamte wand sich um und zeigte aus dem Sackbahnhof hinaus die Schienen entlang.

Wie meine Tapete eben, lieber Stephan. Eine Karte, in der man spazieren gehen konnte. Nur dass ich damals, als Kind, die Karte von oben sah, aus sehr großer Höhe und meine Phantasie sich anstrengen musste, um hinein zu steigen, in das Innere, zwischen die Blütenknospen. Hier gaben die Schienen diese ins Endlose laufenden Wege vor, und ich war mitten drin und stellte es mir wunderbar vor, darauf hin und her zu fahren, ohne Sinn und Zweck, nicht mit einem Ziel wie die Reisenden, sondern als Reisender ohne Ziel, ein Reisender um des Reisens willen, ein Reisender von Berufs wegen.

So fasste ich den ersten wirklichen Entschluss in meinem Leben. Ich wollte Schaffner werden.

3.

Lieber Stephan,

das Rollen des Zuges und das sanfte Schaukeln, das Surren der Heizung, überheizte Abteile, zugige Flure und die sanfte Bewegung, die ein Regionalzug machen kann, wenn er anhält, einem tonnenschwerem und gleichzeitig federleichtem Eiskunstläufer gleich – wie kann ich dir davon erzählen?

Manchmal grollen die Schienen wie aus Abgründen, das klingt wie aus Meerestiefen unter uns, dann pocht es nur ta rumm, ta rumm und wir gleiten in eine Kurve, das Pochen verstummt, irgendwo faucht es leise, als kläfften sich zwei unsichtbare Köter an, und dann stehen wir wieder.

Wenn die Lok nach dem Halt wieder anzieht, pulsiert der Strom über uns und vor uns, sanfte Kraft zieht uns an, und die schwarzen Bäume und Silhouetten der Berge ziehen vorüber, noch ist es finster, die Sonne nicht aufgegangen, in den Bergen leuchten vereinzelte Lichter, die Laternen auf den kleinen Bahnhöfen tauchen die Schilder in warmes Gelb und ich lese die Namen der Orte – dunkelblau auf weißem Grund: Altenott, Vordersteven, Berghalde, Norstedt, Niederöttwald, Gretwald, Tinndorf, Kreningen, Oberstorf.

Dann beschleunigt er, nicht mehr tiefes Grollen unterspült uns, es pfeift und rüttelt, und draußen zieht der Morgen auf, als wenn du doch in einer Stille sitzt und schaust, wie die Dämmerung sich zwischen den einzelnen Stationen in die Abteile durch die dreckigen, vergilbten Fensterscheiben schleicht. In Altenott war es noch

Nacht, in Norstedt ist schon bald Tag, die Zeiger der großen runden, urtümlichen, einzig wahren Uhren auf den Bahnhöfen rucken auf die volle Stunde. Hinter den Schatten der Bäume hat sich eine matte Fläche aus Licht gelegt. Neben den fernen Lampen schälen sich die Umrisse von Häusern, Fernleitungen und Straßen aus der Dunkelheit, über den Wiesen glitzert Tau und kein Mensch ist draußen zu sehen, in keinem der Dörfer, durch die wir hindurch fahren. Alles schläft. Sinn und Zweck unserer Fahrt ist es nur, die immer gleichen Menschen von hier nach dort zu bringen, alle Tage, alle Wochen, alle Monate. Ich kenne sie bald besser als alle Mitschüler; ihre Gesichter und die Art, wie sie sprechen, ist mir vertrauter als das Pochen der Nähmaschine meiner Mutter.

In Altenott steigen zwei Männer ein, der eine etwa Mitte vierzig, der andere etwas jünger, mit schmalen ledernen Taschen, meist vergnügt. Der Ältere lächelt und sie unterhalten sich leise und angeregt zwei Stationen bis nach Berghalde, wo sie wieder aussteigen, wo sie in die sperrigen Bauten einer Zuckerfabrik neben dem Bahnhof gehen. Gehen sie wirklich dorthin? Ich weiß es nicht, immer habe ich sie nur da aussteigen sehen, vielleicht sind sie auch anderswo beschäftigt – aber für mich wird das Gesicht des vierzigjährigen Mannes immer mit dem Bau dieser Zuckerfabrik verbunden bleiben.

Ein Junge, der zu jeder Jahreszeit eine signalorangefarbene Regenjacke trägt, ein Soldat, eine Handvoll Arbeiter im Blaumann, die erschöpften Gesichter an rüttelndes Glas gelehnt, die Füße auf den Polstern der Sitze, zusammengesunken, eine Zeitung neben sich oder auf den Knien, die Arme verschränkt, so fest, als wehrten sie alles ab, was ihnen zu nahe kommen könnte – doch von Altenott, wo auch sie eingestiegen sind, bis Oberstorf, wo sie wieder aussteigen, ist ihnen eine Atempause gegönnt, ein herrliches, zeitloses Zwischenreich der Reise, außerhalb des Raumes und außerhalb der Zeit. Eben noch haben sie zu Hause gefrühstückt, haben sich angezogen, ihre Taschen gepackt – nach dem Aussteigen werden sie in ihrem Werk ihre Arbeit tun bis zum Abend –, aber jetzt, lieber Stephan, in diesem dauernden, stille stehenden bewegten Jetzt des Zuges von Altenott bis Oberstorf – sind sie befreit und erscheinen in dieser Freiheit zugleich gelähmt und wie gefangene Insekten im Spinnennetz.

Diese Lähmung, Stephan, diese angenehme Narkose, die die Menschen in den Regionalzügen befällt – nirgendwo sonst habe ich etwas Vergleichbares erlebt. Manchmal war es wie Morphium, wie ein Morphiumrausch in einem morgendlichen, halb leeren Regionalzug. Vielleicht wird er von den Gerüchen hervorgerufen, von diesem warmen, schwülen Muff aus Staub, Leder, abgestandener Heizungsluft, Schweiß und uraltem Eisen.

Zwei junge russische Frauen unterhalten sich ununterbrochen, eine halbe Stunde lang – nein, es ist keine Unterhaltung, eine spricht, die andere hört zu, summt ein leises „Mmh" zwischen das sanfte Plätschern der anderen, und dies Plätschern vermischt sich mit dem metallischen Knirschen der Räder, dem Pfeifen, Klicken und dem Poltern der automatisch zufallenden Türen.

Die meisten Fahrgäste senken ihre Stimme in den Abteilen wie in einer Kathedrale, als wäre jemand gestorben, oder sie lesen, gebannt, versunken, fort getragen von irgendeinem Buch, oder sie starren hinaus und in ihren Gesichtern zeichnet sich die Fülle einer frei schwebenden Gedankenlosigkeit ab. Nichts ist hier mehr wichtig, nicht mehr so wichtig, alles hat andere Vorzeichen.

Einmal, Stephan, las ich später, dass das gesamte Universum aus Materie und ebenso viel Antimaterie erschaffen sei – doch niemand habe bisher auch nur einen Brocken dieser Antimaterie finden können. Ich weiß die Antwort: Sie ist in den Regionalzügen.

Diese Züge sind voll gestopft mit Antimaterie, und alle Regionalzüge auf der Erde haben zusammengenommen überreichlich Platz für das Reservoir der Antimaterie des gesamten Universums. „Echt wahr!", sagt die Russin, eingestreut in ihren eigenen Monolog, wenn ich durch das Abteil gehe und mein „Jemand zugestiegen, die Fahrscheine bitte" rezitiere. Übergangslos vom Sing-Sang des Slawischen zum Deutschen spricht dies „Echt wahr" eine Wendung einer orthodoxen Zeremonie aus, eines noch unbekannten, rituellen Gebets, das nur hier, im morgendlichen Zug gesprochen werden darf.

4.

Lieber Stephan,

Jahreszeiten, das wirst du früher oder später merken, sind der eigentliche Puls unserer Erinnerung, sie sind der Atlas verlorener Stunden und der Bogen, der Vergangenheit, Gegenwart und Zukunft zu einem Kreis vereint. Wann habe ich die Stadt verlassen? Wirst du irgendwann denken und kein Monat wird dir einfallen – aber eine Farbe, eine Atmosphäre, eine Temperatur, Regen, entlaubte Bäume oder graubraune oder ganz kahle, verschneite oder blühende. Wann habe ich diese Frau das erste Mal gesehen? Wirst du dich fragen – Ich weiß es nicht mehr – aber eines weiß ich: Das erste Mal gingen wir in einem Park spazieren, und der Himmel war blau und ausgewaschen und klar.

Im Zug, der nun meine Heimat geworden war, vergehen die Jahreszeiten anders, Stephan. Im Winter war die Luft oft unerträglich, meist zu heiß, und wenn man die Fenster öffnete, fror man, die Fahrgäste beschwerten sich, manchmal fiel die Heizung ganz aus oder der Zug blieb wegen Schneeverwehungen oder wegen abgebrochener Äste auf den Schienen liegen, weil das Eis sie heruntergedrückt hatte. Wenn ich auf den Gleisen stand und den Zug auf und ab kontrollierte, bevor ich das Signal zur Weiterfahrt gab, musste besondere Sorgfalt auf die Ein- und Aussteigenden verwandt werden, sie mussten sich weit genug vom Zug entfernt haben, denn der Boden konnte vereist sein, nicht auszudenken, wenn sie ausrutschten und unter die Räder kamen.

Im Sommer schwitzte ich in meiner Uniform, schwer trug ich an meiner schwarzen Tasche, dieser Tasche mit dem dicken Fahrtenbuch, dem Taschenrechner, den Stiften, den Quittungen der Trillerpfeife, dem Signalschild, der Taschenlampe, und Schweiß bedeckte das kalte Metall des Knipsers. Oft fragte ich mich: Warum muss ich all dies Zeug mit mir herumtragen? Warum jetzt, warum im Sommer, wo doch alles leicht wird, alles ein anderes Gewicht annimmt, nur ich, ich bleibe in der marineblauen Bahnuniform und klacke schweren Schrittes mit meinen Gummisohlen durch die leeren Abteile und starre hinaus auf das Leben, das immer draußen ist, draußen, immer greifbar, immer nah, aber nie hier – immer ein ganzes Panorama, Berge, Hügel, Felder, Bäume, Städte, Autos, Menschen – und immer schon wieder fort, wenn ich einmal hinaussehe, bis einer mich fragt: „Wie komme ich denn von Niederötting bitte nach Altenstedt, so dass ich gegen 17:30 da bin? Und was kostet das, einmal normal und einmal mit Seniorenermäßigung, einmal normal und mit einem sechsjährigen Kind?"

Und der Herbst war ganz besonders schlimm, zu schön, wenn die Bäume in ihrem brennenden Rot noch einmal glühten, und zu traurig, wenn sie ganz entblößt am Rande der tristen Strecke standen, neben dem Ziegelrot der halb verfallenen Bahnstationen, den eingeschlagenen Fensterscheiben, vor der Tristesse des metallischen Kokons aus Hochleitungsmasten, Zäunen, Signallampen und stillgelegten Nebengleisen. Und immer noch fuhren wir von Norstedt nach Niederöttwaid, immer noch, in alle Ewigkeiten, es gab nur diese paar Städte auf der Welt und nichts veränderte sich jemals – außer eben den Jahreszeiten.

Es war Winter und es war kalt und ich war völlig übermüdet, als ich sie zum ersten Mal sah.

Sie war gerade eingeschlafen, das bemerkte ich an der Art, wie das dünne Taschenbuch auf ihren Knien lag, wie die Finger darauf lagen und wie der Körper noch nicht an die Seite, zum Fenster und dem Vorhang gesunken war. Das nach hinten gekämmte, zu einem Zopf gebundene, dunkelblonde Haar umrahmte ein schmales blasses Gesicht, den Rücken einer markanten Nase, um die sich einige Sommersprossen abzeichneten.

„Den Fahrschein bitte!"

Sie rührte sich nicht. Das mochte ich nicht, lieber Stephan, das war mir wirklich immer zuwider, schlafende Fahrgäste aus ihrer angenehmen Narkotisierung zu wecken. Ich wiederholte meine Aufforderung ein wenig lauter, aber ohne Erfolg. Nach der Berührung drehte sie sich um und griff nach dem braunen, alten und muffigen Fenstervorhang, wie jemand sich im Umwenden am frühen Morgen noch einmal zudeckt, wenn er ein Viertelstündchen weiterschlafen will.

Ich klackerte ein wenig mit meinem Knipser und kramte in der Tasche, knarrte auf meinen Gummisohlen und öffnete und schloss die Schiebetür zum Abteil zweimal, dann räusperte ich mich, pfiff unbeholfen ein Lied (immer wenn ich sang oder pfiff, war es der Beginn des Liedes „Oh Susanna", ich weiß auch nicht warum), wiederholte – schon zaghafter und ohne Verve – zweimal: „Den Fahrschein bitte!" und verließ dann das Abteil. Sie schnarchte laut, als ich die Tür schloss.

Als ich später am Abteil vorbeiging, öffnete ich nicht mehr die Tür. Sie las und war völlig versunken in ihre Lektüre.

Von nun an sah ich sie täglich, sie stieg am frühen Morgen ein, fuhr bis zur Endstation und las die ganze Zeit. Auf diese Weise, das bemerkte ich daran, dass ich mir die Buchrücken einprägte, schaffte sie ein bis zwei Romane in der Woche. Ich ließ sie fahren und kam ihr nicht nahe. Kein einziges Mal in einem Monat kontrollierte ich sie seit der ersten Begegnung. Einmal, als ich wieder schnellen Schrittes ihr Abteil passierte und meinen prüfenden Blick hineinwarf, sah sie hinaus, lächelte mich an und winkte mit ihrem Fahrschein. Ich öffnete die Tür, nahm ihn stumm entgegen und entwertete ihn, als sei nichts Besonderes dabei.

Wortlos reichte sie mir, als ich gehen wollte, einen dicken Briefumschlag. Ich weiß nicht, lieber Stephan, aber ich nahm ihn einfach, ohne zu fragen, nickte nur und ging. Erst in meinem Dienstabteil öffnete ich ihn und fand darin, sorgsam chronologisch geordnet, alle Fahrscheine, die sich unabgestempelt in diesem Monat angesammelt hatten.

Ich verschloss den Umschlag und versteckte ihn in einer Schublade. Seit diesem Tag entwertete ich ihren Fahrschein wie bei jedem anderen. Immer hatte sie ihn, wenn ich die Tür öffnete, schon bereit, meist lag er auf dem Nachbarsitz, und kaum sah sie von ihrem Buch auf, wenn ich das Abteil betrat.

Ich fragte mich, Stephan, wie ein Mensch so viel lesen konnte – und vor allem, warum? So hatte ich noch keinen Menschen lesen sehen. Sie las, als hinge ihre Leben davon ab, ohne Pause, die ganze Zeit, fast zwei Stunden. Was suchte sie in diesen Büchern? Einmal sah ich, wie ihre Hand, als sie die Deckel des einen schlossen, schon zum andern griff, das neben ihr auf dem Nachbarsitz bereitlag, wie sie also das eine in die Tasche zu ihren Füßen gleiten ließ und dabei das andere in ihr Gesichtsfeld führte, eine sanfte, bruchlose Bewegung, so wie ein Zug bei einer Weiche von einem zum anderen Gleis nicht die Spur zu wechseln scheint, sondern einfach weiterfährt. Ich glaube, Stephan, für sie waren das nicht verschiedene Bücher, sondern eines, ein einziger Fortsetzungsroman, der nicht endete.

„Was ist das für ein Buch, das sie lesen?" fragte ich eines Morgens. Es war das erste Wort, das ich in ihrer Gegenwart aussprach.

Sie hob es empor und nannte den Titel.

Ich schüttelte den Kopf.

„Ich meine nicht dieses spezielle Buch da. Sie lesen die ganze Zeit in einem einzigen Buch. Es geht immer weiter. Ein Fortsetzungsroman, glaube ich."

„Nein, Sie irren sich, es sind verschiedene Bücher."

„Ich irre mich nicht. Danke schön, gute Weiterfahrt!"

Und als ich draußen im Flur noch einmal zurücksah, lag ein Lächeln auf ihrem blassen Sommersprossengesicht.

Sie war eine der wenigen Frauen, die eine Strickjacke tragen konnten, ohne dass es aussah, als wenn sie die zum einundzwanzigsten Geburtstag von ihrer Mutter geschenkt bekommen hätte, um, darin gekleidet, an jedem Sonntagnachmittag brav bei ihr Kaffee zu trinken und die kleinen Leidensgeschichten unscheinbarer Krankheiten anzuhören, die ihre Mutter mit zunehmenden Alter bei sich zu entdecken glaubte. Solche Strickjacken mit silbernen Knöpfchen und einer undefinierbaren, warmbraunen Farbigkeit, die einen schon den Juckreiz und die Schweißperlen auf die Haut trieb, wenn man sie nur ansah. Nein, sie trug zwar meist eine Strickjacke, aber eine mit Lederbesatz an der Stelle der Ellenbogen und mit einem weiten Kragen. Dazu trug sie wildlederne Stiefel und karierte Hemden. Alles in allem wirkte sie eher burschikos als feminin. Dagegen bildete ihre Stimme einen außerordentlichen Kontrapunkt. Ist dir je ein Mensch begegnet mit einer Stimme, die so leise ist, dass sie einen zum Wahnsinn treibt, weil ihre mangelnde Lautstärke wie eine zähe, aber andauernde Verweigerung klingt, eine Verweigerung des Gesprächs? Eine Stimme, die einen dazu verurteilt, keine Bewegung zu machen, um nur ja überhaupt etwas von dem zu hören, was der andere sagte. Nein, so leise sprach sie nicht – aber nur um weniges lauter. Und die Art, wie sie „Bücher" gesagt hatte, wie sie das „ü" etwas in die Länge zog und gleichzeitig währenddessen über den Buchrücken strich, als streichle sie es – verfolgte mich bis in die Träume.

5.

Lieber Stephan,

mein Dienstabteil war nicht nur ein Refugium des Rückzugs und der gewöhnlichen Arbeiten, die zwischen den Kontrollen der Fahrgäste zu tun waren, sondern vor allem der heimliche Ort einer Leidenschaft, der ich hier frönte, seit ich diesen Beruf ergriffen hatte. Ich zeichnete. Neben meinem schwarzen Fahrtenbuch lag eine andere Mappe und die war voll dünner Papiere. Eine Art Chinapapier, bestehend aus wenig mehr als Nichts, eine feines Rascheln, das Gestalt angenommen hatte und das jeder andere nur benutzt hätte, um antiquarisch erworbenes Porzellan darin einzuschlagen, du kennst das vielleicht, dies milchfarbene Pergament. Und darauf tanzten meine schwarzen, dürren Narren. Hierauf türmten sie sich, hier tummelten sie sich, zogen einander an den Nasen, liefen Wettlauf, machten Kopfstand und Seiltanz, hier fanden sich verliebte Narren, heirateten, zeugten Kinder, zogen sie auf, sahen zu, wie sie größer wurden, und entließen sie schließlich in die Freiheit. Hier musizierten sie, führten Kriege und Eroberungen, entdeckten Länder und fremde Sterne, machten Zeitreisen in die Vergangenheit und in die Zukunft, waren Gaukler, Ritter, Könige und Präsidenten, Terroristen, Banditen und Heilige, Piloten, Rennfahrer und Pfarrer. Ich zeichnete so viel, Stephan, dass mir selbst schwindelte.

Ich erinnere mich eines frühen Morgens, als niemand im Zug war und er zudem noch wegen Reparaturarbeiten an den Gleisen stundenlang festsaß, als ich, wie immer in der Muße, vor mich hinkritzelte und eine Geschichte nach der anderen vor meinen Augen auf das Papier zauberte. Alles schien wie immer – bis ich den schwarzen Kugelschreiber zur Seite legen wollte, um mich einmal zu erheben und zu strecken, denn mein Nacken begann sich zu verspannen.

Es war mir nicht möglich.

Natürlich, wirst du denken, ich bin ein Spinner, einer dieser Möchtegern-Poeten, die, um sich selbst einen Lorbeerkranz aufsetzen zu können, eine Aura um sich illuminieren, die Aura des dichterischen Genies, die diese alte Geschichte in die Welt setzen vom Taumel der Bilder und Geschichten, die einen ergreifen, man sei nur Sprachrohr, eigentlich ein Nichts und auf der anderen Seite stehe das große Unbekannte, die Variable, das X der Unendlichkeit, wahlweise Zoroaster, Buddha oder das Rauschen archetypischer Erinnerung und von da, aus dieser Unendlichkeit, werde einem eingeflüstert, was man zu Papier bringe. Natürlich nur eine Geschichte, um sich wichtig zu machen. Denn hinter der Bescheidenheit verbirgt sich doch nur die Botschaft: Ich bin Sprachrohr Gottes für die Gesellschaft, für die Menschen – und ihr habt davon keine Ahnung, trabt herum und seid eben nur Spießer, während ich ein Poet bin und euer eigentliches, besseres Ich, tretet mich ruhig, ohne mich wäret ihr nicht viel mehr als nackte Affen, die Bomben bauen. Natürlich, das begreife ich, eine unerträgliche, abgeschmackte Geschichte. Ich wollte also den Kugelschreiber zur Seite legen. Aber es gelang mir nicht. Und dies ist keine Lüge, denn ich schreibe dir, nur dir Stephan, und alles andere interessiert mich nicht. Ich will dir meine Geschichte erzählen und welchen Sinn sollte eine Lüge darin haben? Der Stift bewegte sich und die Narren bewegten sich und entstanden, entstanden immer weiter und weiter, immer mehr, und es entstanden nicht nur Figuren, auch Landschaften, Bäume, Städte, Straßen, Bauwerke, Kathedralen, Tiere. Und jedes Wesen, das da auf dem Papier zum Leben erweckt worden war, vergrößerte nur den Hunger nach einem neuen, ein brennender Durst nach Leben, nach Fülle, Überschwang. Alles, alles! Zeichne alles!, schien eine Stimme zu brüllen. Ich flüsterte nur: Stopp! Bitte aufhören! Ein Augenblick Ruhe. Es gab kein Ruhen. Das war nicht ich, Stephan. Ich weiß nicht, was da aus dem Ruder gelaufen war, bisweilen schon war ich in solche Schaffensräusche verfallen und sie waren immer angenehm, ohne Angst – aber das war anders. Meine Hand bewegte sich ruckartig und ich betrachtete sie und mein Herz schlug mir mit schwerem Druck bis in den Hals hinauf, da war meine Hand und da war der Stift und da war das Papier, aber all dies war nicht Ich. Aber wo war dann ich? Wo hatte ich mich versteckt? Und wer bewegte den Kugelschreiber, wenn nicht ich? Und warum wusste ich doch, dass das nicht Ich war? Das war meine Hand, aber ich hatte ihre Bewegungen nicht unter Kontrolle, sie bewegte sich und erschuf Dinge, die ich nie gesehen hatte, sie bewegte sich, bewegte sich.

Ich habe Angst! Die Tränen liefen mir schon die Wangen herunter und vermischten sich mit kaltem Schweiß, als der Zug einen Ruck machte und anfuhr.

Und dieser Ruck war meine Erlösung.

Es hörte auf.

Ich weiß nicht, wie viel Zeit vergangen war. Der Boden des Abteils war mit dem dünnen Papier übersät – und alle Bögen waren voll gekritzelt. Ich warf den Kugelschreiber in die Ecke und stand auf. Mir war übel. Während sich der Zug langsam wieder in Bewegung setzte und draußen die Landschaft an mir vorüber zog, sammelte ich alle Bögen ein, zerknüllte sie, klemmte sie unter dem Arm und trug sie zur Toilette, wo ich sie über dem geöffneten Klosett verbrannte und die Asche dann wegspülte. Zunächst wollte ich nie wieder zeichnen. Schon beim Gedanken daran pochte mein Herz. Doch bald sehnte ich mich danach und wurde immer trübsinniger, je länger sich die Zeit ohne meine Narren dehnte, alles schien mir fade und sinnlos, selbst die Begegnungen mit der schönen Unbekannten, die nach wie vor Tag für Tag zur gleichen Stunde ein und wieder ausstieg. Endlich fiel mir eine Lösung ein.

Von nun an vernichtete ich mein Papier, sammelte es nicht mehr ein. Entweder zerknüllte ich die Zeichnungen nach ein oder zwei Bögen und warf sie zum Fenster hinaus oder verbrannte ich sie. Nur nicht zu lange zeichnen, nicht mehr als zwei oder drei Seiten, dann Schluss! Zusammenknüllen und aus dem Fenster damit. Ihrem zarten, raschelnden Flug im Winde über den Gleisen nachsehen und zum Abschied winken. Oder verbrennen, wegspülen, Finis. Seitdem hatte ich Ruhe.

6.

Lieber Stephan,

der Winter und der Frühling vergingen, ohne dass ich den Mut hatte, sie anzusprechen, oder sonst irgendetwas zu unternehmen. Sie stieg ein, las, stieg wieder aus und ich zählte die Bücher, die sie verschlang, und zeichnete in meinem Dienstabteil. Am Anfang des Jahres erfuhr ich durch Zufall, dass sie „Johanna" hieß, weil sie ihren Kalender offen auf dem Sitz liegen gelassen hatte. Du wirst mich vielleicht fragen, ob ich in der Zeit Freunde oder Bekannte hatte, Menschen, mit denen ich ausging, denen ich etwas von meiner Geschichte erzählte. Nein, Stephan, die hatte ich nicht. Wenn ich am Abend nach dem Dienst nach Hause kam, bereitete ich mir einen kräftigen Earl Grey, setzte mich auf einen Sessel, stellte klassische Musik im Radio an und schaute aus dem Fenster. Manchmal ging ich auch auf und ab und dachte nach. Worüber? Ich weiß es nicht mehr, es waren keine greifbaren Gedanken, es war eher eine sanfte Flut von Bildern, denen ich mich hingab.

Dann kam der Sommer.

Es war an einem Schwimmbadmorgen. Kennst du diese Tage im Frühsommer, Stephan? Wenn der Morgenhimmel aus dem hellen Dunst sich in ein klares Blau verwandelt hat, in dem keine Wolke segelt, nur ein leichter Wind über die sonnenüberströmten Blätter der Bäume und Büsche fährt, wenn die Insekten noch träge in der frischen Luft von Blüte zu Blüte ziehen und selbst die Schatten noch von Licht gesättigt erscheinen. Du gehst aus dem Haus und atmest diese Luft ein und du weißt: Dies ist ein Schwimmbadmorgen. Einer dieser Tage, die dich an deine Kindheit erinnern. An Sonnencreme auf der Haut, heißgebackene Pflastersteine unter den nackten Füßen, nasse Badehosen und Pommes frittes mit Ketchup und Mayonnaise in diesen großen dreieckigen Tüten, die du gierig mit den farbigen Plastikstickern herauspickst, die kleinsten Brocken fallen bis nach unten, salzige, vom Öl braungebrannte Stückchen. Am Ende drehst du die Tüte um und kippst das Salz-Kartoffel-Gemisch auf deine Hand. Und dann der trockene Rasen, der spärliche Schatten unter den großen, einzeln stehenden Bäumen im Schwimmbad, du liegst darunter, die Augen geschlossen und um dich herum das Geschrei tobender Kinder, Duschbrausen, Platschen, wenn die Großen vom Zehner hinunter springen, Pfiffe, Schreie, Weinen, Lachen. Und dann springst auch du in dies ultramarine, gekachelte Glück – und über den kühlen Wassern schwebt der Duft des Himmels: Chlor. Die elysischen Gefilde habe ich mir seit meiner Jugend nie anders als ein einziges, unendliches, sommerliches Freibad ausmalen können.

Ein solcher Morgen also war es, der erste sommerlich duftende Tag in diesem Jahr und die alltägliche Routine ging mir leicht von der Hand, weil ich ja wusste, dass Johanna wieder zusteigen würde, genauer gesagt in Norstedt, im himmlischen, paradiesischen, chlordurchdufteten, morgendllichen, frischen, allerliebsten Norstedt.

Der Zug stoppte, ich stieg aus und blickte das Gleis

hinunter, nach links, zur Lok hinauf, nach rechts, zum Zugende: Keine Johanna. Ich erstarrte. Das konnte nicht sein. Johanna war nicht kränklich, das hatte ich in all der Zeit bemerkt.

„Was ist los, wie lange willst du noch warten, Leon?", schrie mir der Lokführer nach einer Weile zu und ich pfiff in meine Trillerpfeife und sah noch einmal zurück: Die Treppe hinauf stürmte Johanna, ihren Rucksack über der linken Schulter baumelnd, keuchend, mit aufgelöstem Haar. Und während sie auf der letzten Stufe innehielt, weil sie glaubte, es sei zu spät, der Zug sowieso verloren, blieb ich stehen und hob das rote Signalschild. Wir sahen einander an, nur für einen Augenblick. Alles um uns verharrte, noch erinnere ich mich genau daran, wie sie auf der letzten Stufe einfach stehen geblieben war, die linke Hand am schmalen Gurt des Rucksacks, eine Strähne ihres braunen, zerzausten Haares lag über ihrem Auge, kaum keuchte sie, obgleich sie noch eben gerannt war. Es war, als wenn unser beider Blicke uns für einen Moment aus dem Fluss der Zeit herausgehoben hätten. So war es. Wie lange ein Augenblick dauern kann, Stephan! Wie viel Zeit hineinpasst! Meine rechte Hand umfasste den Griff des Signalschilds, mit dem einen Fuß hatte ich schon die Stufe zum Zug betreten, der andere war noch auf dem Bahnsteig, die Sonne schien, uns trennten vielleicht zehn Meter und wir beide rührten uns nicht und sahen uns zum ersten Mal in die Augen, kein Lüftchen wehte, kein Laut war zu hören, keine Eile drängte, wir sahen einander einfach an und niemals mehr, Stephan, habe ich deine Mutter so angesehen wie in diesem Augenblick, und niemals wusste ich genauer, dass dieser Augenblick nicht etwas war, das vorüberging, an dem Johanna und ich nur kurzweilig Anteil nahmen, um dann unserer Wege durch das Leben weiterzugehen, nicht eine Episode wie alle anderen Episoden. Nein, Stephan, dieser Augenblick verging nicht! Und er fand auch nicht zu einem bestimmten Augenblick statt und an einem bestimmten Ort. Es gab keinen Raum und keine Zeit, und wir beide, Johanna und ich, wir wussten es. Wie wenig können Worte fassen, was die Wirklichkeit ist. Aber dieser Augenblick, Stephan, war wirklich und ich weiß: er ist nicht vergangen. Er existiert heute noch.

Dann war es vorbei.

Sie rannte wieder zum Zug, stieg einen Waggon vor mir ein und rief noch einmal „Danke!" zu mir hinüber. Ich ließ das Signalschild sinken, die Lok setzte sich in Bewegung und der Zug rollte aus Norstedt.

Weder sie noch ich sahen uns, als ich ihren Fahrschein kontrollierte, anders an, als an all den anderen Tagen, sie reichte mir das kleine Stück Papier, sah kaum auf, wie immer vertieft in einem Buch, und ich knipste mein Datum darauf, irgendein Datum in irgendeinem Sommer, Stephan, ich habe dies Datum natürlich vergessen, aber ich weiß, dass es ein wunderbar duftender Sommertag war und dass das Buch, das sie las orange war.

Als ich am Ende meines Arbeitstages noch einmal durch alle Abteile ging, fand ich das Buch an ihrem Platz. Orangen leuchtete der Buchrücken in der sommerlichen Dämmerung. Ich nahm es mit nach Hause.

Ich hatte in meinem Leben nicht eben viel gelesen, Stephan. Also legte ich zuhause das Buch auf meinen Tisch und sah es zunächst eine Weile an. Ein Buch, orangefarben, in blauen, feinen Buchstaben stand darauf der Titel: „Orange". Nachdem ich meine Kanne Tee getrunken und dabei auf und abgegangen war und ich es lange betrachtet hatte, begann ich endlich darin zu lesen.

In einer sehr alltäglichen Sprache wurde von drei Frauen berichtet, die gerne kochten, außerdem tauchten bald zwei oder drei Männer auf, die sich alle gleichzeitig in die eine Köchin verliebten, die aber liebte die anderen beiden Frauen, die wiederum wollten weder von Frauen noch von Männern etwas wissen. Alles endete damit, dass sich alle Beteiligten bei einem großen Festmahl zunächst beschimpften, dann lachten und schließlich beschlossen, ein großes Kochbuch herauszubringen, in dem beschrieben wurde, wie man ausschließlich orangefarbene Gerichte zubereite. Deshalb hieß der Roman auch „Orange", hatte einen orangefarbenen Umschlag und war in dunkelorange-rötlicher Schrift gedruckt. Das machte mir beim Lesen viel Mühe.

Nachdem ich es nach der Lektüre weggelegt hatte und es dort auf dem Tisch eine Weile gelegen hatte, nahm ich es nochmals zur Hand. Ich weiß nicht, warum, aber es reizte mich, diese Geschichte zu bereichern. Ich nahm meinen schwarzen Kugelschreiber und zeichnete an den Rand eine meiner Strichmännchengeschichten.

Sie handelte von meinem Baum, den ich im Garten

meiner Eltern gepflanzt hatte und der in der Nacht den Hund unseres Nachbarn erschlagen hatte. Am Ende verlieh ich dem Hund unglaubliche Kräfte von einem zweiten Blitz, der neben ihm einschlug. Er erwachte, wälzte den Baum weg und verzauberte den ganzen Garten in ein Paradies voller Schmetterlinge. Bei den Schmetterlingen gab ich mir besondere Mühe. Ich malte immer mit diesen schwarzen Einweg-Plastik-Kugelschreibern, die lagen am besten in der Hand und auf dem orangefarbenen Schutzumschlag nahmen sich die unterschiedlichen Falter meiner Ansicht nach ganz prächtig aus. Ich schlief in dieser Nacht recht befriedigt und ruhig ein.

Kurz vor Norstedt platzierte ich anderntags das Buch auf ihrem Platz, damit kein anderer es finden konnte. Ich ließ mir bis zur Kontrolle ihres Fahrscheins etwas mehr Zeit. Als ich ihr Abteil betrat, las sie schon ein anderes Buch, es hatte einen blauen Schutzumschlag.

„Ihren Fahrschein bitte."

„Hier."

Ich stempelte und gab ihn ihr zurück. Sie sagte nichts. Bevor sie den Zug verließ und wir uns auf dem Flur trafen, sagte sie, beiläufig, als kennten wir uns lange: „Gehen wir nachher zusammen essen?"

Ich nickte.

„Gut, ich hole Sie ab, vom Bahnsteig. In Norstedt. Gegen 19 Uhr." Ich nickte ein zweites Mal. Sie stieg aus.

Nachwort

„Der Brief an Stephan" ist die Episode eines Romans, der nie geschrieben wurde. Er ist ein Fragment der Geschichte einer Familie über eine zerbrochene Beziehung, Er ist der Versuch einer Antwort auf die Frage nach dem Grund, nach Jahrzehnten die Beziehung wieder aufzunehmen. Es bleibt bei der Offenheit des Fragmentes. Das, was war, bleibt mithin im Verborgenen wie die Antwort auf diesen Brief und das, was daraus folgt.

Der in sich geschlossene Brief wird so zur Parabel für das Fragmentarische nicht auflösbarer Lebenszusammenhänge.

Hartwig Struckmeyer

Der Autor

Enrico Pellegrino wurde 1968 in Bremen als Sohn eines italienischen Vaters und einer deutschen Mutter geboren. Er studierte nach dem Abitur Kunst, Musik und Philosophie, wurde Lehrer und lebt derzeit als Gitarrenlehrer in Kassel.

Enrico Pellegrino schreibt seit seiner Schulzeit.

Veröffentlichungen: Iris, Claassen Verlag 1993, Claudio Via, tredition 2019, Die Brüder Sorokin, tredition 2022.

Zeitfracht Medien GmbH
Ferdinand-Jühlke-Straße 7
99095 Erfurt, Deutschland
produktsicherheit@kolibri360.de